デイダラ

ロック・リー

マイト・ガイ

サソリ

日向ネジ

テンテン

前巻までのあらすじ

木ノ葉隠れの里、忍術学校の問題児だったナルトはサスケ、サクラと共に忍者の仲間入りを果たす。中忍選抜試験の最中、大蛇丸の"木ノ葉崩し"が始まるが、火影の命を代償に一旦終結し、五代目の火影に綱手が就任した。大蛇丸の「力」に魅せられて、里を出ようとするサスケと激闘を展開したナルトだが、止めることは出来なかった…。

それから二年余り。ナルトたちは、それぞれに修業を積み、成長した。そんな時、我愛羅が「暁」の手に落ちた。救出に向かい敵のアジトに突入したナルトだが、デイダラに誘い出されてしまう。洞穴に残されたサクラとチヨバアがサソリと激闘を繰り広げ!!

NARUTO
－ナルト－

巻ノ三十一

託された想い!!

ナンバー
272：
チヨバアVS
バーサス
サソリ…!!

……!!
チヨバア様<ruby>様<rt>さま</rt></ruby>

サクラか！

チィ

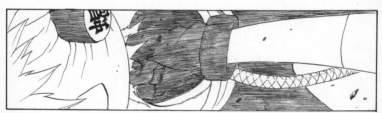

ちょうど…
解毒薬の持続時間内に倒せた…

…………

サクラ…
お前…

やりました…
チヨバア様
やりましたよ！

ハハ……

!!

カチャ カチャ

‥‥‥！

カシュ

カチャ

14

これは己で禁じた術…

二度とは使うまいと思っておったが

そうもいかんようじゃ

傀儡使いは使える傀儡の数で

その者の能力が測れるといわれるが

さすがババアだ

それが城一つを一人で落としたというカラクリ…

チョバァ極意の"指の数"…

噂には聞いたが……

す…すごい数…

白秘技・十機近松の集

18

……

こやつ…
ここまで…

!!?

我ながら
呆れる…

小娘と
老いぼれ相手に
いつまで
やってんだか…

最後の
カラクリまで
見せることに
なるとはな…

蝎

ダッ！

赤秘技・
百機の操演…

とくと
見せてやる

！

サクラ

……

……

お前はすでに解毒薬が切れとる…手を出すな

!?

くっ…

・・・・・・・・・

・・・・・・・・・

もう分かってますよね…

私の性格！

……………

……………！

性格も綱手譲りだったな…

そうだな…

じゃがな…これで終劇になるぞよ

覚悟は良いか？

ハイ！

皐月（さつき）

幻術と体術が得意！

とにかくちょこまか動き回って敵の攻撃があたらない。そのくせ強い！！

金さんってくんれば（？）なんでも斬る。

暗殺専門の忍者 殺しにはようしゃしない！死んだものを操って戦わせる事もできる。ちなみに、口寄せは超でかい♡猫！

趣味 殺し・昼寝…

（東京都 銀⑤さん）
○デザインが気に入りました。

鉄拳（てっけん）コブシ

武器はこの両腕と己の肉体のみ。
覆面

（熊本県 平野薫さん）
○こえ――！ 名前筆文字なのがさらにこえ――！ 覆面がさらにこえ――！

天空巣（てんからす）

身長：179cm 体重：65kg

身丈ほどの天狗のうちわの風をまとう。

カカシのライバル（がいが何か言ってると、無視）

（千葉県 長嶋里美さん）
○カカシのライバルとして、カカシのライバルであるガイ、カカシのライバルとしてのガイのライバルに当たるのがこの天空巣な訳ですね。…？

繋鎖（けいさ）イト

14歳・男。おとなしいけど、よく女の子と間違えられるためそのたび怒っている。敵からはおまいほうがお菓子づくり（かなり女の子）っぽい。

さいほう道具を使ったおもしろい戦い方をする。左右腕には針山をつなぎ合わせた腕輪をしている。

背中にしょっている巨大なハサミは最強の武器。強力な気功も切ってしまうスゴもの。また敵の「蔵」と、カカリ一定の時間蔵との時間差を使った攻撃もさせられる。逆に「縁結び」という技ももっており、仲間がバラバラになってもお互いいる場所、状況を知ることができる…。

…さいほう道具はよく置き忘れる男、そうそうウエストポーチにでもつめてもらうと考えているらしい（しかし、しょう実行せず）

（愛媛県 シロフォンさん）
○かわいいね、このキャラ。術もよく考えてあるし、キャラの性格もよいです。

ラストバトル!!

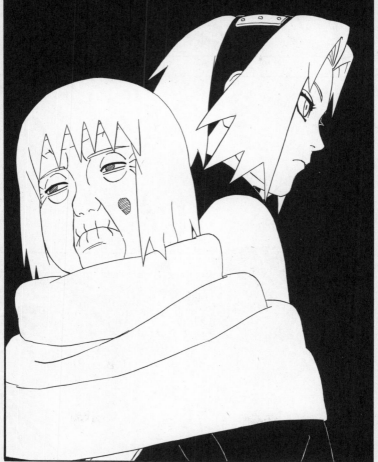

サクラ
サソリを狙え
…

他の傀儡は
ワシが抑える

ハイ！

それを
使え！

パシて

ドォバシ

ガ

こ
こ
だ
!!

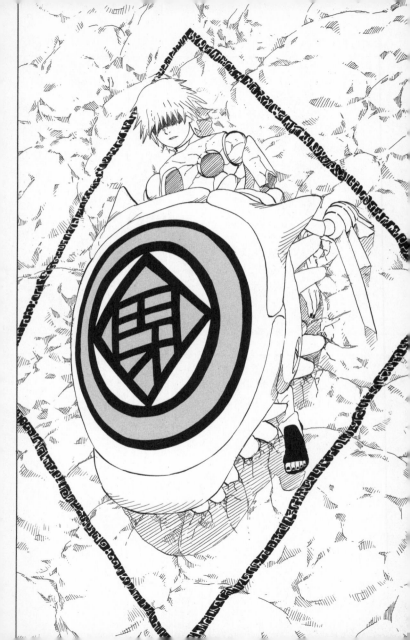

その封印術はチャクラを完全に押え込むものじゃ……

……動けまい……

……終わりじゃ……サソリよ

やった…

ハアハア

もうチャクラ糸は使えぬ…

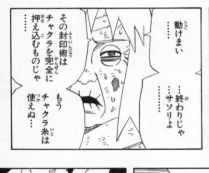

早く、解毒薬を！

チョバア様！

くっ…

NARUTO オリキャラ優秀作発表その②

鬼面バンシー

いつの闇にか木ノ葉に住んでいる忍びらしい。名前以外、出身国等は謎だったり…。

・忍びとしては上級レベルとても動きが速く、鈴の音は相手に位置を知らせるどころか逆に混乱を誘う。（もちろん鳴らさずに動く事も可）幻術が得意だけど体術のほうが好き。

・性格は明るいが悪どい。とてもなく悪どい。人をからかうのが大好き。（イタズラとか…）話し方に特長があり、「～なのじゃ」と年寄りくさい。

（大阪府 うめぼしさん）
〇出身国はどこなんだろ？ 謎がある女の子って気になるので選んでみました。

黒咲時雨

砂の上忍。17才の男。主に幻術を使う。いつも"ニコニコ"してる。

指出すと、コワイ（しかも弱い）笑ってる二重人格ですね。

武器は砂時計。時をあやつり、相手にすきができたら、忍術でたおす。

時の口寄せ動物。名は薄鏡。ハリネズミ。忍犬とハリ使い分ける。

（三重県 AYUMIさん）
〇砂隠れの里らしく、砂時計を使うのがよかったです、このキャラ。

戦がっこう

NAME 阿麻ノ克

（東京都 マエ・ダンさん）
〇このアイデアはすごいぞ!! おもしろいで、マジで!! NARUTOで使ったろっかなコレ! いいぞこのキャラ!

忍 犬石岩丸

紹介 中忍 14歳 ライバル…キバ 身長…160cm 体重…44kg

牙隠れ小生の犬 岩丸

（埼玉県 東城勝士さん）
〇岩ばくだんが当たったら9999m以上ぶっ飛ぶのがすごいです。それと、なんか岩丸がかっこいいです。

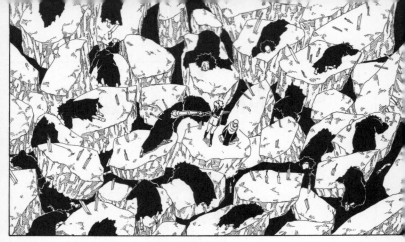

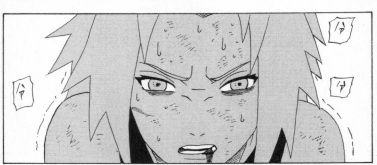

早く…
解毒薬を

チヨバア様…

ホウ…
この傷で
他人の心配か？

大した
娘だ

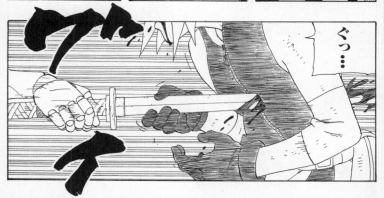

ぐっ…

…器用な奴だ

刀が突き刺さったまま止血と治癒を…

こいっ…

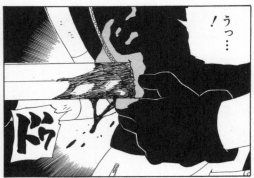

！うっ…

！

毒で体が
痺れて…
チャクラが
上手くコントロール
出来ない…

毒が効いてきた
ようだな…

もちろん
この刀も毒刀
だからな

ズッ

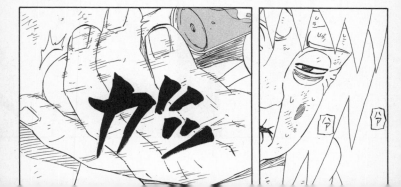

カシ

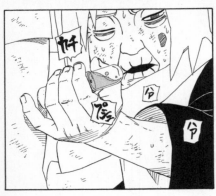

…………

放さない

ガキョ

チヨバア様！

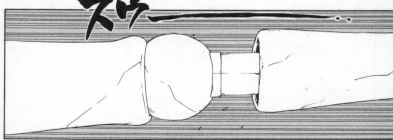

スウ

最後に気を抜いたの…サソリ…

これでお前は動けぬ…

当たりじゃろ……

いくらカラクリの体とはいえ…

チャクラを扱うお前にはどうしても生身の部分が要る

それが弱点じゃ…

そして…あの抜け殻から左胸のその部分だけは そっくりそのまま抜けている…

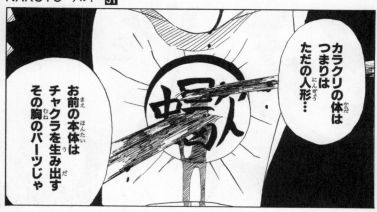

カラクリの体は
つまりは
ただの人形…

お前の本体は
チャクラを生み出す
その胸のパーツじゃ

へっ…

くっ！

サクラ！

とにかく
傷口をふさぎながら

この刀を抜いて
しまわねば

ドワ…
ドワ…

もう…
少しじゃ…

我慢しろ…

ぐっ…

ビクン!

カラン　カラン

ジェリリ…

あんたも
医療忍者だから
な…

簡単には
治療出来ない
所を狙った

無駄だ…
急所を突いた

毒が無くとも
そいつは
もうじき死ぬ

出血が
多過ぎる

？

医療忍術での
応急処置は
すでに終えた

フ……

ワシが
今やっておるのは
医療忍術ではない…

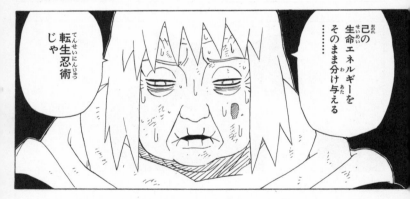

……
己の
生命エネルギーを
そのまま分け与える

転生忍術
じゃ

……

……
？

そもそも
これは…

お前のために
長年をかけ
編み出した
ワシだけの術じゃ

この術が
あれば

傀儡にすら
命を吹き込むことが
出来る…

……

……

……

術者の生命が尽きるのと交換でな…

じゃが…

今となっては
もはや
叶わぬ夢だがの
……

…くだらねぇ…

ナンバー 275：褒美（ほうび）…!!

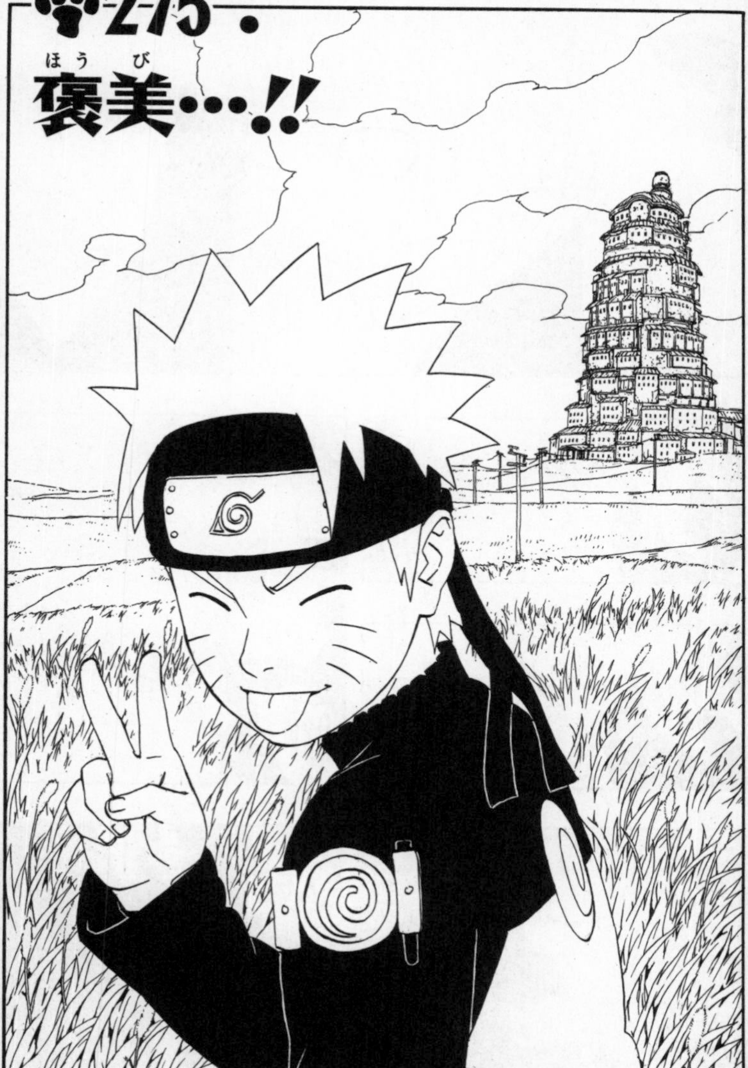

くだらねェな…

いつからボケた？
ババア

ハァ

ハァ

！

ムゲッ…

ん？

……
おかしいな
…………

…………
チョバ様こそ
…………

サクラ…
大丈夫か…

ハイ…

その〝転生忍術〟
とやら…

死んだ奴に
命を吹き込む代わりに
術者は死ぬんじゃ
なかったのか？

そりゃ…
残念だ

だからワシも…
この程度で
済んだのじゃ…

…サクラは
致命傷では
あったが

死んでいた
わけでは…
ない

止めておけ

この体は
痛みすら
感じない

殴るだけ
お前の拳が
痛むだけだ

女ってのは
無駄なことを
するのが

好きな奴ら
だな…

クク…

…………

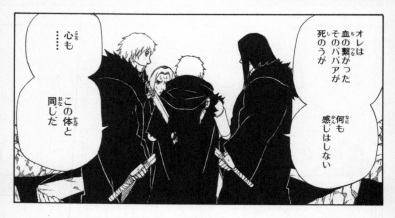

オレは
血の繋がった
そのババアが
死のうが

何も
感じはしない

心も
…………

この体と
同じだ

今まで
何百何千と
殺してきたが…

その内の
一人と同じ
だ

もっと物事は
単純だ

プル・プル…

アンタは
人の命を…

何だと
思ってんだ!!

おい…

それが
忍の言う
セリフか?

肉親を何だと
思ってんだ!!

何で…

何で
そんな考え方しか
出来ないんだ…
アンタは!!

…!

もういい…
サクラ…

こやつを
こんな風に
してしまったのは

ワシら砂隠れの
悪しき風習と
教えじゃ…

……………

お前も
この体に
なってみるか？

そうすれば
オレの言ってる
事も

少しは分かる
だろうぜ

朽ちぬ
体だ…

傀儡人形なら
いくらでも
造り直せる
……

寿命に
縛られる
ことも
ない…

人など
傀儡でいくらでも…
造り出せば
いい……

欲しけりゃ
だが……

コレクションは
質だからな

数を増やせば
いいってもん
じゃない……

………

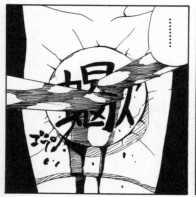

………

………
アンタは

一体
何なんだ…!?

あえて言うなら

…人形になりきれなかった人間……か

・・・・・・・・

オレは傀儡だが…生身の"核"を持つ不完全な傀儡だ…

人でもなく…人形でもない…

・・・・・・・・

…!?

その前にオレも無駄な事を一つしてやろう…

…オレを…倒した褒美だ

もうじき動かなくなる

お前は…大蛇丸の事を知りたがっていたな…

……草隠れの里にある天地橋に

十日後の真昼に行け…

……！

大蛇丸の部下にオレのスパイがいる…

そこでそいつと落ち合う…ことになってる…

どういう事!?

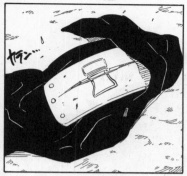

？

イヤ……

…本来なら
倒されていた
のは……

ワシの方
じゃった…

サソリには
ワシの最後の攻撃が
見えとった…

じゃが…
どういう訳か
かわせなかった

少しの隙が
生じた…

…それって
……

……

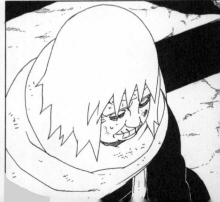

チヨバア様！

……ぐっ

！！

！

イヤ……

すぐにでも
私が解毒薬を
……

早く里へ
帰りましょう！

ムワッ

……それよりも

私たちの
やるべきことは
終わりました！

すぐにでも
里に戻って
解毒しないと…

どうしてですか!?

ワシには
まだ…

やるべきことが
…ある

あのガキ…
すっかり大人しく
なったが…

…何を企んでる
…うん

カカシ先生…
まだかよ!?

そう
焦るなってば…

オレはお前ほど
チャクラを持ってない
からな…

時間が
かかるんだよ

……けど

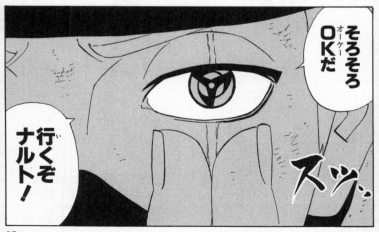

そろそろ
OKだ

行くぞ
ナルト!

スッ

（茨城県 Sさん）

○ テンゴウさんの胸毛がすごそう。
　アガサさんの能力、これまたすごそう。

（福岡県 結城泉さん）

○ 鍵というアイデアはすばらしいです。他にも
　色々なことができそうなアイデアですね。

（石川県 鬼っ娘。さん）

○ 有名な映画って何だろう？ あれかな…
　スター○○ーズかな？ ライトセ○バーかな？

（青森県 エンジェル工藤さん）

○ 忍者ファッション雑誌「ニン²」のモデルさんらしく
　173cmの長身ですね。できればスリーサイズも知りたいです。

新しい写輪眼!!

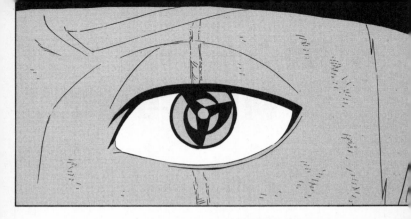

それが…

さっき言った…

そうだ

新しい写輪眼だよ

ザッ・ザッ

何だ？

…………

ああ…

カカシ先生…
失敗しても
いいってばよ…

最後はオレが
きっちり
決めてやるから
よ!!

…オッス!

出番が
回ればな…

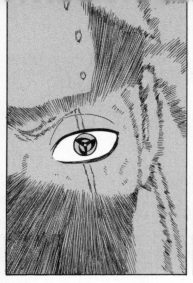

万華鏡写輪眼!!

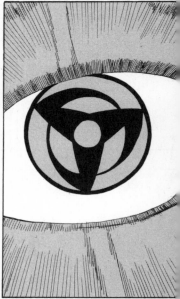

くそ…

オレの腕を空間ごと…!?
何て術だ!

94

螺旋丸!!

チィ…

よし！

影分身の術!!

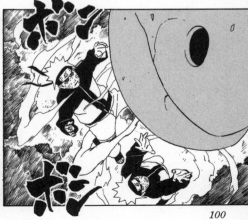

我愛羅!!

カカシ先生ってば大丈夫か!?

…何とかな

しかし…
イタチ並の瞳術を使う奴が
いやがるとはな…

この"人柱力"は大した事とねェ…
それより問題はカカシだな…うん

右腕まで…
これじゃ術も使えねェ…

…これまでか…

…ぶん殴って
やる

油断しすぎ
だよ…

近いうち
また
相手してやるよ
…うん

分かった
分かった

103

ぐっ…!

ぐォ!!

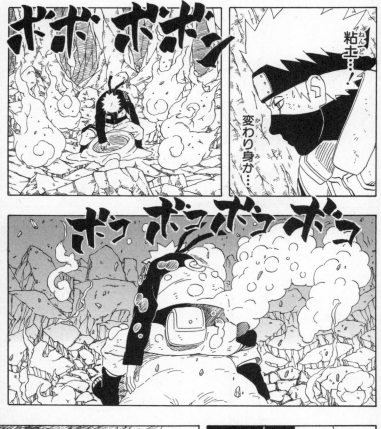

粘土…！

変わり身か…

ボボ ボンボン

ボコ ボコ ボコ ボコ

あれが
"人柱力"の…

何だ
アレは…

……！

あれが…
自来也様が
言っていた…

！

…道理で一発が重いハズだな…

ッ！

うっ!

熱っ…

あいつの体から漏れた
チャクラが妖狐を
かたどり始めたら
気を付けろ…

いいか…
尾が…一・・・本のうちに
止めろ…

…コレを使え

すぐにチャクラを
押え込む事が
出来る…

いきなりか…

バン

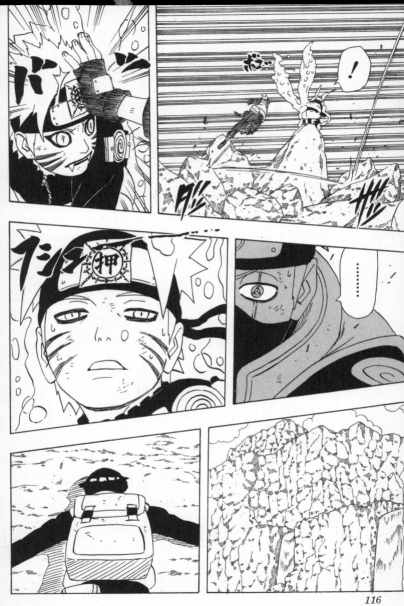

強敵だった…

さすがオレのニセ者…

ドズズズ

オッス!!

落ち着いたか…ナルト…

フー…

自来也様は…
一体
何を見たんだ…

ようやく
会えた…

こっちは
まだ…

手こずってる
ようじゃのオ
……

良く
ここが
分かったな…

さっき
敵が
飛んでるのが
見えたから

ああ…
それより…

サクラちゃん
たち…

…

やったんだな
…

我愛羅（ガァラ）は
どうした？

・・・・・・
・・・・

…よし…

まさかな…
あんな小娘とババアに
サソリの旦那がやられる
とはな…

何が
後々まで残っていく
永久の美だ
とっとと
死にやがって…

大体
弱点丸出しの
あの造形は
自信過剰なんだよ
…うん

まあ
オレからすりゃあ…
芸術家らしい
最期だったが…

ご苦労
ネジ

ガイ班か…

こりゃあ
走って逃げ切るのは
無理だな…

みんな気を付けろ！

そいつは爆弾で攻撃する遠距離タイプだ！

あそこか…

!!

まさか……

チャクラが一点に一気に集中している…!

オレの究極芸術を見せてやろう…

芸術は爆発だ

みんな急いで
ここから離れろ!!

（京都府 つめ切りさん）

○スゲー!! 若い頃もすごかったのかな、このオバサンズ。
　この2人も木ノ葉に居そう。

（大阪府 SHIHO★さん）

○とにかくファッションリーダーってのがスゴい!
　なんか…木ノ葉の里に居そうでいいかも。

（千葉県 ピートさん）

○家紋とかがちゃんと決めてあってすばらしい。
　そういうところが大切なのよね、キャラって。

（広島県 オグリキャップさん）

○苟で武器の名前が発建みたいな名前なの?ってあたりが
　好きです。それに家の服屋が低コストで商品が安いって
　のも面白い。さらにそんなところで育ったってのがいい!

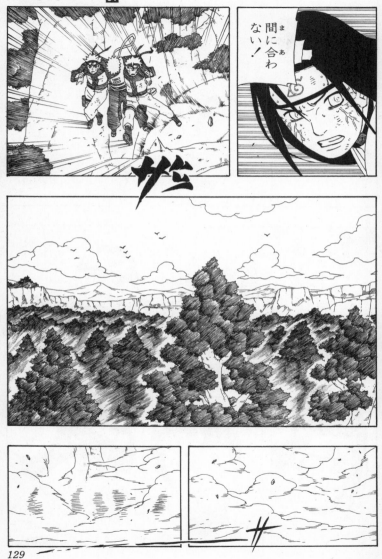

間に合わ
ない！

・・・・・！

・・・・・・・

・・・・・

どうなって
る？

どうにか間に合った…

ハア

ハア

…さすがは我がライバル…

………

………

大丈夫かカカシ先生！

別の空間へ飛ばした…

爆発ごと…………

…いったい何をしたの…………？

それより……

みんな無事か…？

……………

…………

コクン

サクラちゃん…

…サクラちゃん

‥‥‥‥‥

‥‥‥‥‥

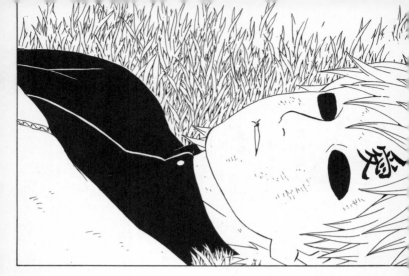

…何で…
我愛羅が…

我愛羅ばっかり
が…

風影だぞ…

こんなんで
死んだんじゃ…！

少し
落ち着け…
うずまき…
ナルト…

風影に
なったばっか
じゃねーか…

お前ら砂の忍が

我愛羅の中にバケモノなんか入れなきゃ

こんな事にはならなかったんだ!!!

‥‥‥‥‥

お前ら我愛羅が何を思ってたか

少しは聞いた事あんのか!!

偉そーにそんな言葉造って呼んでんじゃねェ!!!

‥‥何が "人柱力" だ!!

…ナルト…

うっ…うっ… …んぐ

ぐっ…

三年前と
何も変わっちゃ
いねーじゃねーか
…

三年も…
必死に修業して
…

…サスケも
助けらんねェ…

我愛羅も…
助けらんねェ…

……!

!!

ニコ…

チョバア様…
その術は!!

いや……

医療忍術……？

……何を
しょうってんだ？

チョバア様…

チョバア様が言ってたのは
この事…

ワシには
まだ…

やるべきことが…ある

自分の命と
引き換えに…

あ あ…

あれは…

何してんだってばよ！

我愛羅くんを…

生き返らせる!!

NARUTO オリキャラ優秀作発表

今回のNARUTOオリキャラ最優秀作は、（新潟県 万年肩コリさん）に決定!!
万年肩コリさんには岸本が描いたイラストの複写にサインを入れてプレゼントします。楽しみに待っててね！
というわけで、引き続きオリキャラ募集中なので、どしどし送って下さいね。待ってます！

宛て先は
〒119—0163
東京都神田郵便局 私書箱66号
　集英社JC
　　"ナルトオリキャラ係"まで！

※ただし送るのはハガキだけに限ります。封書じゃダメだよ☺

火山 線香

・線香を使い、けむりやにおいで攻撃する。
・ハデ。
・口が悪い。
・いつでもビーチサンダル。

[火山線香]

▲岸本がイラスト化したのがこれだ!!

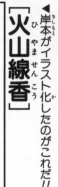

○細長い女の子ってのが気に入りました！
かわいいのに線香くさいなんて…。

ナンバー 279：不思議(ふしぎ)な力(ちから)…!!

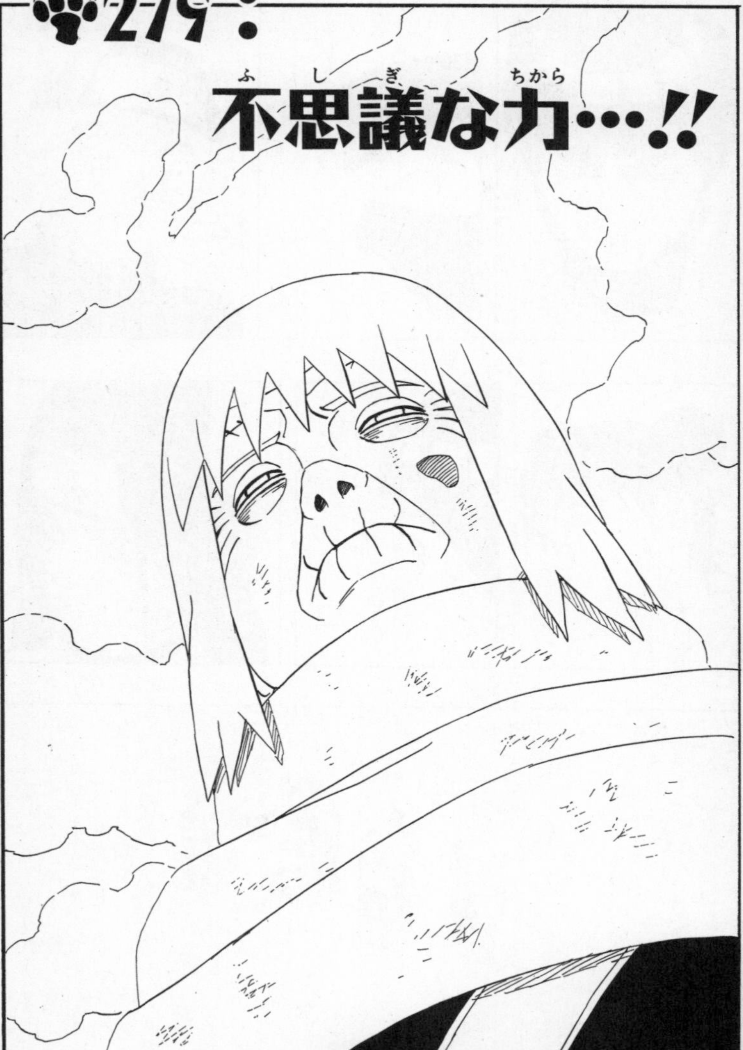

生きかえ…らせる…!?

…そんなこと本当に出来んのか…?

あのチャクラの流れ…

そんな都合のいい術があるハズは無い…おそらく…

この術は…

チヨバア様だけの術…

くっ…

リスクを伴う…それ相応の…

くそ…！

チャクラが足らぬ

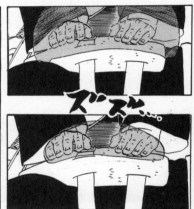

ズズ…

！

オレのチャクラ…使ってくれってば
よ…！

………

ハァ

ハァ

それって
出来るか…

…バァちゃん

…

我愛羅くんは
アイツと同じ
"人柱力"です

砂隠れにいる
どんな者よりも
ナルトは彼の気持ちが
分かってしまう

……

木ノ葉だとか・砂だとか

アイツにとっては
そんなこと
どうでもいいこと
なんでしょう

だからこそ…

助けずには
いられないんですよ…

"人柱力"がどんな扱いを
受けてきたか…

それはどの里においても
大差ありませんからね

ワシの手の上にお前の手を重ねろ

！

……………

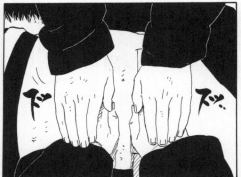

ド

スツ…

コクッ…

ブゥウウン

……………

ナルト…

……………

彼が風影になったと聞いて悔しがっていました

ナルトの夢は火影になることなんですが…

…………

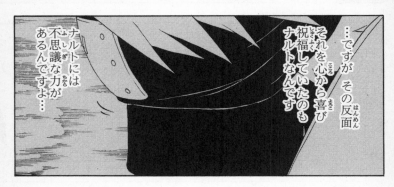

ナルトには不思議な力があるんですよ…

…ですが その反面 それを心から喜び祝福していたのも—ナルトなんです

…………

あいつは交わす言葉は少なくとも

誰とでもすぐ友達になってしまう…↗

くだらぬ
年寄りどもが作った
この忍の世界に

お前のような奴が
現れてくれて
嬉しい…

かって…

ワシの
してきた事は
間違いばかり
じゃった…

…！

砂と…

…しかし…
最後の最後に
なって

正しい事が
やっと出来そう
じゃ

木ノ葉…

154

これからの未来は

ワシらの時とは違ったものになろう……

カカシの言っていたお前の不思議な力…

その力が未来を大きく変えるじゃろう…

…今までにない火影になってな…

お前は…ワシと良く似ておる

そしてサクラ…お前は今度は死にかけのババアではなく…

自分の大切に思う者を助けてやれ…

お前は師匠を超えるくノ一になるじゃろう……

男気を持ち合わせとる女はそうおらぬからな……

…ナルトよ

ババァからのお願いじゃ…

！

……

お前は我愛羅の痛みを知ってやることが出来る唯一の存在じゃ……

我愛羅もお前の痛みを知っておる…

我愛羅（ガァラ）を…
助（たす）けてやってくれ
……

我愛羅（ガアラ）！

我愛羅（ガアラ）…

何だ…
また オレ の手か…

…誰だ…？

この手…

…誰…だ…？

…誰を…呼んでる？

…オレの手…

…オレ…？

オレ…

…オレとは…

…誰だ…？

オレは……

ナルト…

……………

［ファンレターへの感謝の気持ち］

　いつも皆様ファンレターありがとうございます。いつも部屋でマンガを描いているので、自分のマンガがどんな風に読者の方々に読まれているのか分かりません。ですから、ファンレターは読者の方々と唯一キャッチボールができるものなので、ボクもファンレターを頂くとすごくうれしいです。時間の許すかぎり、手紙は読ませていただいています。たまに、本当に読んでいるか証明して下さいと不安がられている方もいますが、安心して下さい。ちゃんと読んでます。ファンレターの返事を出したいのですが、多くの皆様から頂くので、返事をお返ししているとまったくマンガが描けないことになってしまいます。不本意ではありますが、ファンレターの返事はより面白いマンガを描くことで、皆様にお返ししたいと思っております。マンガが面白くなくなったら、ファンレターも頂けませんし（笑）　ファンレターを出していただいた皆様の為にも、より皆様に喜んでもらえるマンガを描きたいと思っています。
これからもNARUTOをよろしくね！

岸本斉史㊙

ナンバー280：託(たく)された想(おも)い!!

世話かけやがって…！

……………

まったくだ

心配かけやがる弟じゃんよ

我愛羅は風影なんだぞ

何だ お前ら偉そーに！

生意気な口きいてんな！

この下っ端ども！

…我愛羅…
気分はどうだ？

くっ…

うっ…うっ
風影様
ホントに
死んじゃうかと

…良かった…

…急に動かない方がいい

体の硬直がまだ完全には解けてないからな

我愛羅様がそう簡単にくたばるワケないでしょ!!

イテ!

我愛羅様は無口でクールで強くて格好良くてエリートで…

そうそうそれでいてどことなくかわいくてそれなのに風影で…

我愛羅様の危機は私が防いでみせます!今度こそ!

イヤ私が!

そう落ち込むな…

女ってのはエリート志向でクールなのに弱いって相場は決まってんじゃん

なんか……シカマルもそんなこと言ってたっけか……

ん────…!

…そういやオレってばまだ下忍だってばよ

あいつは…

オレと同じ苦しみを知っていた

そして生きる道を、変えることが出来る事を教えてくれた

ありがとよ…
ナルト

…………

それを言うならオレにじゃなくバアちゃんにだ

我愛羅をスゴい医療忍術で助けてくれた…

…チヨバアは…あの術を…

今は疲れて寝ちゃったけど…

バァちゃんも里に帰ったら元気に…

違う……

!?

………

………

違うってなにが…？

………

医療忍術
なんかじゃない
転生忍術だ…

チヨバアは
死んだんだ

自分の命と
引き換えに…

死んだ者をすら
生き返らせる
忍術…

…ど…
どういう事
だってばよ?

砂の傀儡部隊で一時…

傀儡に生命を与える術を研究開発しようとした…

チヨバアが先頭に立ってな

…術の理論は開発出来たが

…途中…術のリスクがあまりにも大きいってことで

人体実験の前に禁術に指定されて

封印された術だ…

くだらぬ
年寄りどもが作った
この忍の世界に
お前のような奴が
現れてくれて嬉しい…

かつて…
ワシのしてきた事は
間違いばかりじゃった…

しかし…
最後の最後になって
正しい事が
やっと出来そうじゃ

砂と…
木ノ葉は…

これからの未来は
ワシらの時とは
違ったものになろう…

カカシの言っていた
お前の不思議な力…

その力が
未来を大きく
変えるじゃろう…

今までにない
火影になってでな！

チヨバア様…

安らかな顔をしておるよ…

今にも笑い出しそうな…そんな…

…死んだフリーって

ギュ…

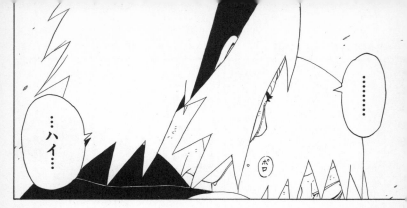

…ハイ…

……………

ポロ

ナルト…
やっぱりお前は
不思議な奴だな

お前には
人を変えていく
力がある…

……………

チヨバァ様は
里の未来などどうでもいいと
いつも言っていた

…

我愛羅の為に
こんな事を
するような
人じゃなかった…

…チヨバァ様は
我愛羅とお前に
未来を託した…

忍らしい
立派な
最期だ

うん…

…うん…

…三代目の
じいちゃんと
同じだ…

バァちゃんの想い
今なら ハッキリ
分かるってばよ！

そうだな…

…我愛羅様

いい…

………！

………

…皆

チヨバア様に
祈りを

ボコ　ボコ

ボッ

ガ

プハッ

ド

ド

ム

…まあ　あれが陽動になってなんとか逃げれればいいだが…

まったく…！　とっておきの〝自爆分身〟まで食い取られるとはな…

パラパラ

182

・・・・・・
・・・・・

ん―・・・

持ってかれたのは・・・ヒジの辺りだけだったなァ・・・

落っことした右手と指輪は探さねーとな・・・うん

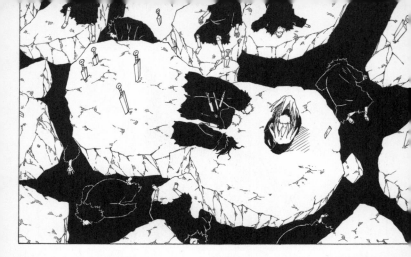

コレガ
サツリノ本体(ホンタイ)力…

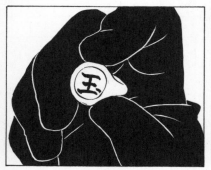

ありました！

ありましたよ
ゼツさん！